U0024237

張雅端‧張素蓁‧吳玉珍‧柳瑜佳　合着

自序

　　這本書的出版是一個偶然，也是水到渠成。累積了多年教學經驗，針對學生狀況設計，希望編輯一本適合學生，也能提高學生學習興趣的餐飲英文字彙小冊子。於是，幾位好友著手開始，收集資料、拍照、編寫，還特別邀請學生參與拍攝。編寫過程，感謝廖慶和師傅在餐飲專業上的指導；蔡宗麟、賴菀馨、周子杰、鄭夙雅、楊澤謙同學擔任臨時演員，協助拍攝；市場攤販們慷慨熱情的提供拍攝，這些溫暖，促成這本冊子的完成。

　　這是我們四位首次編書，過程中有壓力、有學習、也有許多的趣味。希望這是個開始，我們將更努力地將教學中寶貴的經驗紀錄下來。

目次

contents

Restaurant

Kadioglu Sehzade Sofrasi Restaurant, Safranbolu, Turkey

餐廳

單字特區

01

general manager
〔'dʒɛnərəl
'mænədʒɚ〕
總經理

02

executive chef
〔ɪg'zɛkjutɪv ʃɛf〕
行政主廚

03

sous chef
〔su ʃɛf〕
副主廚

04

station chef
['steʃən ʃɛf]
部門主廚

05

F & B manager
['mænədʒɚ]
餐飲部經理

06

head waiter
[hɛd 'wetɚ]
領班

07 apprentice
〔ə'prɛntɪs〕
學徒

08 bartender
〔'bartɛndɚ〕
調酒師

09 sommelier
〔samə'lje〕
侍酒師

10 receptionist
〔rɪ'sɛpʃənɪst〕
接待員

11 host
〔host〕
帶位員

12 waiter
〔'wetɚ〕
服務人員

13 main entrance
〔men 'ɛntrəns〕
入口

14 dining room
〔'daɪnɪŋ rum〕
用餐區

15 bar counter
〔bar 'kaʊntɚ〕
吧櫃

16 station cart
〔'steʃən kart〕
餐檯

17 cashier
〔kæ'ʃɪr〕
櫃檯

18 restroom
〔'rɛstrum〕
洗手間

19 kitchen
〔'kɪtʃən〕
廚房

20 freezers
〔'frizɚz〕
冰庫

單字加料區

1. general manager：總經理

   （ex）The general manager is in a meeting. Would you like to leave a message?

   總經理正在開會，您要留言嗎？

2. head waiter：領班

   （ex）The head waiter is in charge of all waiters.

   領班負責管理所有的服務生。

3. apprentice：學徒

   （ex）An apprentice is a person who is still learning to cook.

   學徒是還在學習廚藝的人。

4. dining room：用餐區

   （ex）Waiters are working in the dining room.

   服務生負責用餐區的工作。

5. cashier：櫃檯

   （ex）Please pay at the cashier.

   請到櫃檯結帳。

6. restroom：洗手間

   （ex）Excuse me. Your restroom needs to be cleaned.

   不好意思，你們的洗手間需要清理了。

7. bartender：調酒師

   （ex）The bartender works at the bar counter.

   調酒師負責吧台的事務。

單字考驗區

I. Complete the following sentences, using the following job titles.
請填入適當的職稱。

> *head waiter, sommelier, apprentice,*
> *receptionist, executive chef, host*

1. The _____ is still learning about cooking.

2. The _____ is responsible for menu designing.

3. The _____ is to show the guests to their tables.

4. The _____ is in charge of all waiters.

5. The _____ is to pour wine for the guests.

6. The _____ is working at the reception area.

II. Look at the pictures and write down the workplaces in English.
請寫出下列工作場所的英文。

1 _____

2 _____

3 _____

4 _____

帽子愈高地位愈高

　　現在我們看到廚師戴白色帽子，傳說是中世紀時，因為戰爭動亂，幾位著名的廚師逃到希臘修道院中棲身，為了安全，打扮得跟修道士一樣，戴上修道士的高帽子偽裝。他們與修道士們相處的很好，每天為修道士做菜，日子久了，覺得應該與修道士在服飾上有所區別，於是就把黑色帽子改為白色。因為他們都是名廚，所以其它修道院的廚師也紛紛仿效，之後流傳下來，幾乎全世界的廚師都戴上這種白色帽子。

　　廚師帽的高度與廚師級別高低、經驗成比例。經驗愈豐富、級別愈高的廚師，帽子的高度就愈高；帽褶的多少也是有講究的，與帽子的高矮成比例。西式餐飲廚師階級一般為：行政主廚→行政副主廚→主廚→副主廚→領班→副領班→助理→見習生。行政主廚的廚師帽標準高度為30公分，以此遞減，每差一級矮5公分，最資淺的見習生只能戴船型帽。

Unit 2

Table Setting

The Mena House Oberoi, Giza, Egypt

餐桌擺設

單字特區

Western Style　西餐餐桌擺設

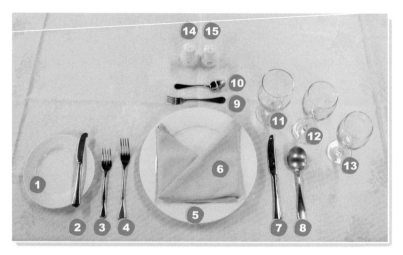

01 B & B plate（bread and butter plate）
〔brɛd ænd ˈbʌtɚ plet〕奶油麵包盤

02 butter knife〔ˈbʌtɚ naɪf〕奶油刀

03 salad fork〔ˈsæləd fɔrk〕沙拉叉

04 dinner fork〔ˈdɪnɚ fɔrk〕主菜叉

05 dinner plate〔ˈdɪnɚ plet〕主餐盤

06 napkin〔ˈnæpkɪn〕餐巾

07 dinner knife〔ˈdɪnɚ naɪf〕主菜刀

08 soup spoon〔sup spun〕湯匙

09 dessert fork〔dɪˈzɝt fɔrk〕點心叉

10 dessert spoon〔dɪˈzɝt spun〕點心匙

11 water glass〔ˈwatɚ glæs〕水杯

⑫ red wine glass〔rɛd waɪn glæs〕紅酒杯

⑬ white wine glass〔hwaɪt waɪn glæs〕白酒杯

⑭ salt shaker〔sɔlt 'ʃekɚ〕鹽罐

⑮ pepper shaker〔'pɛpɚ 'ʃekɚ〕胡椒罐

單字加料區

1. B & B plate（bread and butter plate）：奶油麵包盤

（ex）This B & B plate has a crack in it. Can I have another one?

這個奶油麵包盤有裂縫，可以幫我換一個嗎？

2. salad fork：沙拉叉

（ex）We need more salad forks for the party tomorrow.

明天的宴會我們還需要更多的沙拉叉。

3. dinner knife：主餐刀

（ex）The dinner knife goes to the right of the dinner plate, and the dinner fork goes to the left.

主餐刀放在主餐盤的右方，主菜叉放在主餐盤的左方。

4. water glass：水杯

（ex）Could you please replace the water glass? This one has a lipstick smudge on it.

請幫我換一個水杯，這一個上面有口紅印。

5. pepper shaker：胡椒罐

（ex）This pepper shaker is empty.

這個胡椒罐空了。

Chinese Style　中餐餐桌擺設

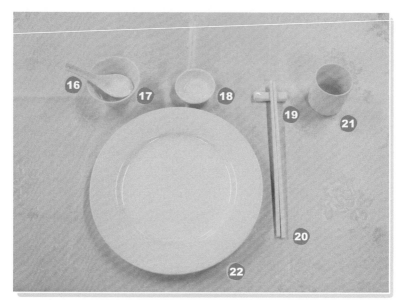

16 soup spoon〔sup spun〕湯匙

17 soup bowl〔sup bol〕湯碗

18 condiment dish〔'kandəmənt dɪʃ〕味碟

19 chopstick rest〔'tʃapstɪk rɛst〕筷架

20 chopsticks〔'tʃapstɪks〕筷子

21 tea cup〔ti kʌp〕茶杯

22 plate〔plet〕骨盤

1.soup bowl：湯碗

　（ex）Would you please give me a soup bowl?

　　　　可以給我一個湯碗嗎？

2.chopsticks：筷子

　（ex）I dropped my chopsticks. Can I have another pair?

　　　　我的筷子掉了，可以再給我一雙嗎？

3.tea cup：茶杯

　（ex）A：Where can I put the tea cup?

　　　　B： On the right of the chopstick rest.

　　　　A： 茶杯可以放哪裡？

　　　　B： 在筷架的右邊。

單字考驗區

I. Name the items in the picture. 請寫出下列物品的英文。

1 _____   2 _____

3 _____   4 _____

5 _____   6 _____

7 _____   8 _____

9 _____   10 _____

II. Translate the following words into English. 請將下列中文翻譯

成英文。

1. 筷子 _____   2. 茶杯 _____

3. 味碟 _____   4. 湯匙 _____

5. 餐巾 _____   6. 點心匙 _____

餐桌禮儀

　　不同國家用餐有不一樣的餐桌禮儀，如果不瞭解，往往會造成尷尬或鬧笑話。傳說曾經有一位中國使節在希特勒主辦的宴會上，用餐巾揩拭刀叉。這個舉動如同是嫌刀叉不乾淨，希特勒見狀，立即命令侍者將所有客人的餐具換過，使得那位中國使節十分尷尬難堪。

　　正式的西餐的餐桌禮儀規矩頗多。刀叉使用方面，為避免誤用，最安全便是由最外側開始往內用。不可拿著刀叉揮舞，不可將刀鋒對着人。談話時，最好是先放下刀叉呈入字狀，表示暫停；如已吃完，可將刀叉並排，放在四點鐘的位置，刀鋒要向內。取麵包應該用手去拿，然後放在旁邊的小碟中或大盤的邊沿上，絕不要用叉子去叉麵包。

　　餐巾是對摺三角放在大腿上，不可套在衣領或手腕。餐巾是用來抹嘴的，切勿用來抹汗、擦眼鏡或刀叉。當要暫時離開餐桌時，可將餐巾放在椅上，服務員會幫你把餐巾摺好放在桌上，回來可以再用。用餐完畢，通常是放在桌上。

Unit 3

Kitchenware

THT College, Haulien

廚具

單字特區

01 frying pan
〔'fraɪɪŋ pæn〕煎鍋

02 sauce pan
〔sɔs pæn〕小型醬汁湯鍋

03 stew pan
〔stju pæn〕燉鍋

04 wok
[wak〕炒菜鍋

05 chef's knife
〔ʃɛfs naɪf〕西餐刀

06 slicer
〔'slaɪsɚ〕片刀

07 chopping board
〔'tʃɑpɪŋ bord〕砧板

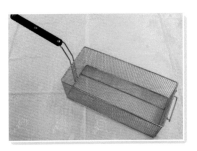

08 frying basket
〔'fraɪɪŋ 'bæskɪt〕油炸籃

09 skimmer
〔'skɪmɚ〕漏杓

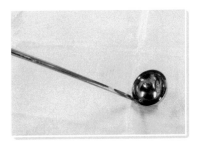

10 ladle〔'lædl〕
長柄杓

11 scissors
〔'sɪzɚz〕剪刀

12 paring knife
〔'pɛrɪŋ naɪf〕削皮刀

13 egg beater〔εg 'bitɚ〕打蛋器

14 mixing bowl〔'mɪksɪŋ bol〕拌菜碗

15 measuring cup〔'mεʒərɪŋ kʌp〕量杯

16 rolling pin〔'rolɪŋ pɪn〕桿麵棍

17 roasting tray〔'rostɪŋ tre〕烤盤
　　= baking tray〔'bekɪŋ tre〕

⑱ food processor〔fud ˈprɑsɛsɚ〕食物處理機
⑲ blender〔ˈblɛndɚ〕果汁機
⑳ microwave oven〔ˈmaɪkrəwev ˈʌvən〕微波爐

單字加料區

1. wok：炒菜鍋

（ex）Chinese people like to stir-fry vegetables with woks.

中國人喜歡用炒菜鍋炒青菜。

2. microwave oven：微波爐

（ex）Heating up food in a microwave oven is easy and fast.

用微波爐加熱食物簡單又快速。

3. scissors：剪刀

（ex）Please hand me a pair of scissors.

請遞給我一副剪刀。

4. egg beater：打蛋器

（ex）An egg beater is a mixer for beating eggs or whipping cream.

打蛋器是用來打蛋或打發奶油的工具。

5. chopping board：砧板

（ex）We use different chopping boards for cutting meat and vegetables in the kitchen.

在廚房我們使用不同的砧板來切肉和蔬菜。

6. measuring cup：量杯

（ex）Make sure you use a measuring cup to measure milk and flour.

秤牛奶和麵粉時記得要用量杯。

單字考驗區

I. Unscramble the following words. 單字重組

1. e d r b n e l = <u>b</u> _ _ _ _ _ _

2. m m r e s k i = <u>s</u> _ _ _ _ _ _

3. d l e a l = <u>l</u> _ _ _ _

4. l e r s i c = <u>s</u> _ _ _ _ _

II. Match the words with the items. 配合題

| paring knife | frying basket | **3** stew pan |
| sauce pan | frying pan | microwave oven |

❶

❷

❸

❹

❺

❻

文化通

食具的禁忌

　　東西方食具的文化意義極為不同。西方餐具只當作食用道具，沒有什麼特別的禁忌，大概只有將刀叉交叉成十字形會招致不幸或不吉利的避諱。至於不能用刀叉指著人，只是一種禮儀規範，而非應極力避諱，一旦觸犯即會遭超自然力量制裁的禁忌。而東方餐具有些不只是食用道具，往往還具有一些文化象徵及禁忌。像是日本有食具的物神崇拜，認為筷子具有某種符咒力，如死者枕邊要供奉高盛飯配一根筷子，或是立著十字的「枕飯」。

　　在這些習俗上，筷子發揮了符咒力，即聯繫人生的始端與終端、前世與現世、現世與來生的橋樑。也因此，有筷子不可插在碗飯中的禁忌，中國也有類似的習俗及禁忌。又如，去世者的筷子必須丟棄或燒毀，或在外折枝為箸，用餐後將使用過的筷子折斷丟棄，因為日本人認為筷子一旦使用過，即沾有使用者的靈氣，恐將被狐狸、狼或山中妖怪玩弄而惹禍上身。

（參考資料：山內昶著　丁怡、翔昕譯，2002，筷子刀叉匙：東西文化記號與飲食風景，藍鯨）

Unit 4

Beverages

Coffee Store, Athens, Greece

飲料

單字特區

01 gin〔ʤɪn〕琴酒

02 vodka〔ˈvɑdkə〕伏特加

03 rum〔rʌm〕蘭姆酒

04 tequila〔təˈkilə〕龍舌蘭

05 whiskey〔ˈhwɪskɪ〕
威士忌

06 brandy〔ˈbrændɪ〕
白蘭地

07 white wine
〔hwaɪt waɪn〕白酒

08 red wine〔rɛd waɪn〕
紅酒

09 rosé〔ro'ze〕玫瑰紅

10 liqueur〔lɪ'kɝ〕
香甜酒、利口酒

11 sherry〔'ʃɛrɪ〕雪莉酒

12 beer〔bɪr〕啤酒

13 kaoliang〔kɑolɪ'æŋ〕
高粱酒

14 shaohsing〔'ʃɑʊʃɪn〕
紹興酒

15 sake〔'sɑke〕日本清酒

16 mineral water
〔'mɪnərəl 'watɚ〕礦泉水

17 sparkling mineral water
〔'sparklɪŋ 'mɪnərəl
'watɚ〕氣泡礦泉水

18 coke
〔kok〕可樂

19 soda〔'sodə〕汽水

20 juice〔dʒus〕果汁

21 tea〔ti〕茶

22 coffee〔'kɔfɪ〕咖啡

單字加料區

1. tea：茶

 （ex）Would you like tea or coffee after the meal?

 飯後您要來一杯茶還是咖啡？

2. white wine：白酒

 （ex）I'd like a glass of dry white wine, please.

 我想要一杯不甜的白酒。

3. red wine：紅酒

 （ex）Red wine is a common table wine.

 紅酒是常見的佐餐酒。

4. rum：蘭姆酒

 （ex）Rum is made from the juice of sugar cane.

 蘭姆酒是甘蔗汁做成的。

5. soda：汽水

 （ex）My son prefers soda to coke.

 我兒子比較喜歡汽水，比較不喜歡可樂。

6. shaohsing：紹興酒

 （ex）Shaohsing is a popular drink in banquets in Taiwan.

 紹興酒在台灣宴席上很受歡迎。

7. beer：啤酒

 （ex）Teenagers under 18 are not allowed to buy beers.

 未滿18歲的青少年不可購買啤酒。

單字考驗區

I. Find the following words in the puzzle. 請找出下列單字。

beer brandy coffee coke gin juice liqueur
rum soda tea tequila vodka wine whiskey

```
p  j  m  r  g  r  e  e  b  a
w  v  u  z  i  f  f  k  q  k
l  m  e  y  n  w  t  r  g  d
y  i  t  e  q  u  i  l  a  o
w  d  q  e  s  m  g  k  e  v
o  i  n  u  e  o  k  l  c  c
z  b  n  a  e  f  d  z  i  j
t  e  a  e  r  u  f  a  u  v
e  k  o  c  q  b  r  o  j  b
w  h  i  s  k  e  y  c  c  x
```

II. Translate the following base wines into English.

請寫出下列六種基酒的英文。

1. 伏特加 _____   4. 琴酒 _____

2. 白蘭地 _____   5. 蘭姆酒 _____

3. 龍舌蘭 _____   6. 威士忌 _____

酒與食物的搭配

　　酒在西式餐飲扮演非常重要的角色，正式的西式餐飲通常會有餐前酒、佐餐酒及餐後酒。

　　餐前酒適合不帶甜味，且爽口的酒，如香檳之類的氣泡酒。佐餐酒與食物的搭配是相輔相成，一般是白肉搭配白酒，紅肉搭配紅酒的基本原則。紅酒中的「單寧」，可使纖維柔化、感覺肉質細嫩，再加上肉中蛋白質與單寧起化學變化，使肉汁感覺更甜美。白酒中的「酸」，可增加口感的清爽活性，就海鮮而言，還具有去腥作用。餐後酒通常可選用花草類的利口酒（liqueur）或水果白蘭地等。當然，如果不知道怎麼點酒，可以請酒侍或服務生建議。

　　斟酒順序，除非有特別的安排，一般是先從男主人及女主人以外的年長女士開始，接著是女主人、然後是年長的男性，最後才是男主人。

Unit 5

Cocktails

Kelebek Pension, Cappadocia, Turkey

調酒

單字特區

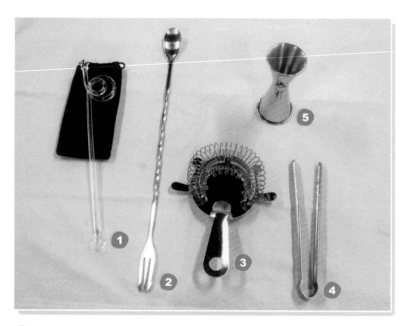

01 stirrer〔'stɝrɚ〕攪拌棒

02 bar spoon〔bar spun〕吧叉匙

03 cocktail strainer〔'kaktel 'strenɚ〕濾冰器

04 ice tongs〔aɪs taŋz〕夾子

05 jigger〔'dʒɪgɚ〕量酒器

  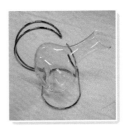

06 shaker
〔'ʃekɚ〕
搖酒器/雪克杯

07 ice bucket
〔aɪs 'bʌkɪt〕
冰桶

08 decanter
〔dɪ'kæntɚ〕
醒酒器

09 wine cork〔waɪn kɔrk〕軟木塞

10 corkscrew〔'kɔrkskru〕螺旋形開瓶器

11 bottle opener〔'batl 'opənɚ〕開瓶器

⓬ Collins glass〔'kalɪns glæs〕可林杯

⓭ cocktail glass〔'kɑktel glæs〕雞尾酒杯

⓮ highball glass〔'haɪbɔl glæs〕高球杯

⓯ carafe〔kə'ræf〕公杯

⓰ old-fashioned glass〔old 'fæʃənd glæs〕古典杯

⓱ water goblet〔'watɚ 'gablɪt〕高腳水杯

18 champagne glass〔ʃæm'pen glæs〕香檳杯

19 water tumbler〔'watɚ 'tʌmblɚ〕平底水杯

20 beer mug〔bɪr mʌg〕啤酒杯

單字加料區

1. bar spoon：吧叉匙

　　（ex）Stir well with a bar spoon.

　　　　　用吧叉匙攪拌均勻。

2. shaker：搖酒器，雪克杯

　　（ex）Fill the shaker with ice cubes till 80% full.

　　　　　將雪克杯裝冰塊至八分滿。

3. stirrer：攪拌棒

　　（ex）Put in the stirrer.

　　　　　放入攪拌棒。

4. decanter：醒酒器

　　（ex）Pour the wine into the decanter.

　　　　　將酒倒入醒酒器中。

5. wine cork：軟木塞

（ex）Keep the wine cork for the customer to check.

將軟木塞交給客人檢查。

6. bottle opener：開瓶器

（ex）I need a bottle opener. Can you get me one?

我需要開瓶器。你可以拿給我嗎？

7. cocktail glass：雞尾酒杯

（ex）Strain the liquid into the cocktail glass.

將酒液倒入雞尾酒杯中。

8. carafe：公杯

（ex）Use a carafe for orange juice.

用公杯裝柳橙汁。

9. water goblet：高腳水杯

（ex）Place the water goblet on the right of the dinner plate.

將水杯放在主餐盤的右邊。

10. beer mug：啤酒杯

（ex）We need 32 beer mugs for the party.

需要準備32個啤酒杯。

單字考驗區

I. Unscramble the words. 單字重組

1. e a t r d e c n
2. r k h s e a
3. i r s r e r t
4. r g i e g j
5. i e o g s n t c

6. c r f a e a
7. i o e k r n w c
8. a o s n b p r o
9. e r u g e m b
10. o k c e w r s r c

1. _____
2. _____
3. _____
4. _____
5. _____
6. _____
7. _____
8. _____
9. _____
10. _____

II. Translate the following words into English.

請將下列中文翻譯成英文。

1. 冰桶 _____
2. 香檳杯 _____
3. 開瓶器 _____
4. 濾冰器 _____
5. 高球杯 _____
6. 高腳水杯 _____

文化通

雞尾酒的由來

有關雞尾酒的由來傳說紛紜，其中一個有趣浪漫的傳說是：十八世紀時，美國有一家飯店主人心愛的火雞不見了，主人說誰找到他的火雞他就把女兒許配給他。結果是一位年輕英俊的軍官找到了主人的火雞，主人的女兒非常高興，見面當時調製了許多酒來招待這位英俊的軍官，她所調製的酒非常美味可口，就以鳥的尾巴（Cocktail）來命名。其它還有與美國南北戰爭或宗教禁令有關的傳說。傳說很多，故事不同，但在眾多說法中基本上都有一些共同點，就是雞尾酒是一種調酒，與公雞（火雞）尾巴羽毛有關。

雞尾酒是以較烈的酒當作基酒，再依個人喜好，加入不同的酒類、果汁等飲料，或者鹽巴、糖水等，以及其他配料，加以調味。常用的六大基酒為琴酒（gin）、伏特加（vodka）、蘭姆酒（rum）、龍舌蘭（tequila）、威士忌（whiskey）、白蘭地（brandy）。

Unit 6

Menus

Indian Restaurant, Rodos, Greece

菜單

單字特區

Types of Menus　菜單的種類

01 a la carte menu
〔a la kart ’mɛnju〕
單點菜單

02 set menu
〔sɛt ’mɛnju〕
套餐菜單

03 dessert menu
〔dɪ’zɝt ’mɛnju〕
甜點單

THT Café
BREAKFAST MENU

04 Continental Breakfast

〔͵kɑntɪ'nɛntl̩ 'brɛkfəst〕歐陸早餐

Fresh Juice

Breakfast Rolls with Jam

Coffee or Tea

05 American Breakfast

〔͵ə'mɛrɪkən 'brɛkfəst〕美式早餐

A Choice of Fruit Juices
(Apple, Grapefruit, Orange, Guava or Tomato)

A Selection of Bakery Basket
(Bagel, Croissants, Danish Pastries, Rolls or Toast. Served with Jam, Butter, or Marmalade)

Fresh Eggs
Any style (Boiled, Scrambled, Poached, or Fried) with your choice of Bacon or Ham

A Selection of Cereals
(Corn or Flakes, Rice Crispy or Raisin Bran)

Choice of Beverages
(Coffee, Decaf Coffee, Tea with Milk or Cream)

T<small>HT</small> R<small>estaurant</small>

LUNCH & DINNER MENU
Served from 11：00-14：00 ,
17：00-22：00

06 Appetizers〔'æpətaɪzɚz〕
開胃菜（前菜）

Melon with Ham	80
Shrimp Cocktail	80
Chicken Fingers	80

07 Salads〔'sælədz〕
沙拉

Caesar Salad	100
Chef's Salad	100
Green Salad	100
Fruit Salad	100

08 Soups〔sups〕湯

Clam Chowder	150
Pumpkin Soup	150
French Onion Soup	150
Soup of the Day	150

09 Entrées〔'antrez〕主菜

Grilled Lamb Chops ········ 400
Fried Shrimp ················ 420
New York Steak ············ 400
Filet Mignon ················ 420

10 Chef's recommendation

〔ʃɛfs ,rɛkəmən'deʃən〕主廚推薦

11 Side Dishes〔saɪd 'dɪʃɪz〕小菜（附餐）

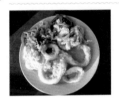

Onion Rings ················ 80
Mashed Potato ············ 80
Sautéed Mushroom ········ 80

12 Desserts〔dɪ'zɜˈts〕甜點

Ice Cream（vanilla, chocolate,
strawberry）················ 100
Cheese Cake ················ 120
Chocolate Mousse ········ 120
Tiramisu ···················· 120

13 Drinks〔drɪŋks〕飲料

Iced Tea（black, green）··· 60
Juice（orange, apple） ···60
Coffee（espresso, latte,
cappuccino） ············· 60

T<small>HT</small> C<small>hinese</small> R<small>estaurant</small>

A LA CARTE MENU

14 Rice〔raɪs〕米飯

Mapo Tofu Rice	150
Three-cup Chicken Rice	150
Pork Chop Rice	150
Fried Rice	120
Curry Fried Rice	120

15 Noodles〔'nudlz〕麵

Beef Noodles	120
Wanton Noodles	100
Pork Chop Noodles	100

16 Vegetarian Dish
〔,vɛdʒə'tærɪən dɪʃ〕素食餐點

Mushroom and Yam Rice	150
Vegetarian Curry Fried Rice	150

（Service charge NOT included）

Tʜᴛ Lounge

TEA TIME

17 Waffle〔'wɑfl〕鬆餅

Maple Syrup·································· 60
Japanese Green Tea Ice Cream··················· 60

18 Sandwich
〔'sændwɪtʃ〕三明治

Club Sandwich·········· 120
Beef Sandwich ············80

19 Pizza〔'pɪtsə〕比薩

Shrimp and Feta Cheese Pizza
······························ 180
BBQ Chicken Pizza
······························ 180

20 Pasta〔'pɑstə〕義大利麵
21 Spaghetti〔spə'gɛtɪ〕
義大利麵（細長麵）··· 180
22 Lasagna〔lə'zanjə〕
千層麵····················· 180

THT **B**ar

23 DRINKS MENU
〔drɪŋks ˈmɛnju〕飲料單

Beers

Asahi（Japan）	150	Heineken（Holland）	150
Budweiser（U.S.A）	150	Guinness（Ireland）	150
Corona（Mexico）	150	Taiwan Beer	150

24 Mixed Drinks〔mɪkst drɪŋks〕調酒

Manhattan	200	Bloody Mary	200
Gin and Tonic	200	Tequila Sunrise	200
Singapore Sling	200	Blue Hawaii	200

25 Liquors〔ˈlɪkɚ〕酒，烈酒

Johnnie Walker Red	2200	Hennessy XO	6000
Chivas Regal	2200	Hennessy V.S.O.P.	3200
Murphy's	2000	Courvoisier XO	3200
Jack Daniel's	2000		

26 Soft Drinks〔sɔft drɪŋks〕冷飲

Coke	80	Calpis	80
Lemonade	70	Juice	70

（Cash, Visa, MasterCard, American Express accepted）

THT Hotel

27 WINE LIST
〔waɪn lɪst〕酒單

House Wines	glass	carafe
Red : Zinfandel	100	420
White : Chablis	100	420
Rosé : Tavel	100	420

Bottled Wines	half-bottle	bottle
Red :		
Cabernet Sauvignon	600	900
Cote Chalonraise	600	900
White :		
Chardonnay	580	880
Condrieu	540	850

Champagne/ Sparkling		
Moet Chandon	1225	2100
Dom Perignon	600	1100
Lanson	600	1100
Laurent-Perrier	600	1100

單字加料區

1. menu：菜單

   （ex）I'll be serving your table this evening. This is our menu.
   Please take your time.

   我是您今晚的服務生，這是我們的菜單，請慢慢看。

2. American breakfast：美式早餐

   （ex）A：Are you ready to order?

   B：Yes, I'll have the American breakfast.

   A：您要點餐了嗎？

   B：是的，我要一份美式早餐。

3. appetizer（starter）：開胃菜（前菜）

   （ex）I'd like a chicken finger as an appetizer.

   開胃菜我想點雞柳條。

4. salad：沙拉

   （ex）A：May I take your order now?

   B：Yes, I'd like to start with a Caesar salad.

   A：請問您現在要點餐了嗎？

   B：是的，我想要先來一份凱薩沙拉。

5. soup：湯

   （ex）Would you care for soup?

   您要點湯品嗎？

6. entrée（main course）：主菜

   （ex）A：Which entrée do you recommend?

   B：The Filet Mignon is delicious.

   A：你推薦哪一道主菜？

   B：菲力牛排很好吃。

7. side dish（side order）：小菜（附餐）

（ex）I'll have a side order of onion rings.

我要點一份洋蔥圈當附餐。

8. dessert：甜點

（ex）What do you have for desserts?

你們有提供哪些甜點？

9. drink：飲料

（ex）Would you like some drinks?

你想要喝一點飲料嗎？

10. wine list：酒單

（ex）A：Would you like to order a drink?

B：Yes, could I see the wine list, please?

A：您要點飲料嗎？

B：是的，可以給我看一下酒單嗎？

單字考驗區

Complete the menu with the words below. 請完成下列菜單。

Drinks	Appetizers	Clam Chowder
Desserts	Entrées	Salads	Soups
New York Steak	Side Dishes	Ice Cream

Menu

1. _____

    Chicken Fingers

    Shrimp Cocktails

    Cheese Sticks

2. _____

    Green Salad

    Fruit Salad

    Potato Salad

3. _____

    Pumpkin Soup

    4. _____

    Soup of the Day

5. _____

6. _____

    Fried Shrimp

7. _____

    Onion Ring

    Mashed Potato

8. _____

9. _____

    Chocolate Cake

10. _____

    Coffee

    Juice

結帳與小費文化

　　在餐廳用餐完要結帳時，要利用服務員經過身邊的機會，輕聲喚住，請服務員幫你結帳，千萬不可大聲喊叫要買單或直接跑到櫃台結帳。服務員送來帳單後，應看一下帳單，確定所點的菜是否都上齊，金額是否與菜單相符，如果有出入，可請服務員幫忙到櫃台查核，確認無誤後才付帳。付帳時將錢放在結帳的夾子或盤子裡，再用帳單將錢蓋住。

　　歐美餐廳一般不會直接在帳單上加收「服務費」（service charge），用餐者如果對服務滿意，可另給「小費」（tip），小費是客人給服務員的服務報酬，由服務員自行保留。小費的支付比例大約佔消費額的百分之十到二十（地區、餐廳性質及午晚餐會有差別）。通常是將小費放在餐巾上或壓在用過餐的盤子底下，讓服務員收拾桌面時自行取走，有時也會是將找回的零錢全部或部分直接留下。總之，千萬別直接將小費當面給服務員。

（參考資料：李澤治等著，1994，餐飲禮儀，淑馨出版社）

Unit 7

Cooking Methods

Cennet Restaurant, Istanbul, Turkey

烹調方式

單字特區

01 boil〔bɔɪl〕水煮

02 simmer〔'sɪmɚ〕煨，燜

03 steam〔stim〕蒸

04 stew〔stju〕燉

05 deep-fry〔dip fraɪ〕炸

06 pan-fry〔pæn fraɪ〕煎

07 grill〔grɪl〕烤

08 bake〔bek〕烘焙

09 stir〔stɝ〕攪拌

10 peel〔pil〕剝皮

11 cut〔kʌt〕切

12 strain〔stren〕過濾

13 mash〔mæʃ〕搗碎

14 marinate
〔'mærənet〕醃

15 pour〔por〕倒入

16 slice〔slaɪs〕切片

17 sprinkle〔'sprɪŋkl〕灑

18 stir-fry〔stɚ fraɪ〕拌炒

19 garnish〔'garnɪʃ〕裝飾

20 chop〔tʃɑp〕剁

單字加料區

1. boil：水煮
   （ex）How would you like your egg done? Boiled or scrambled?
   請問您點的蛋要怎麼煮？水煮蛋或炒蛋？

2. deep-fry：炸
   （ex）Deep-frying is a cooking method in which food is submerged in hot oil.
   油炸是一種將食物浸入熱油中烹調的方式。

3. grill：烤
   （ex）The prawns are grilled and served with vegetables.
   這份明蝦是用烤的，並附有時蔬。

4. bake：烘焙
   （ex）Would you like your beef baked or fried?
   您點的牛排是要烤的或煎的？

5. cut：切
   （ex）Cut the potato into fourths and bake it in the oven for 15 minutes.
   把馬鈴薯切成四塊，放進烤箱烤15分鐘。

6. mash：搗碎

（ex）Our fillet steak comes with mashed potato and boiled carrots.

我們的菲力牛排附有馬鈴薯泥及水煮胡蘿蔔。

7. marinate：醃

（ex）Our carpaccio is made of marinated salmon slices served with toast.

我們的義式冷盤是由醃鮭魚片搭配吐司組合而成。

單字考驗區

Complete the recipe with the words below. 請完成下列食譜。

peel	slice	boil	chop
stir	simmer	sprinkle	steam

Rice with Mushrooms 蘑菇飯

Directions 作法

- **1** _____ the mushrooms.

- **2** _____ the onions.

- **3** _____ the onions and garlic.

- Cook the mushrooms, onions and garlic with butter in a pan.

- Add water, rice, chicken soup, salt and parsley in it.

- Heat the ingredients to a **4** _____ .

- **5** _____ the ingredients once or twice.

- Reduce the heat. Cover and **6** _____ for 14 minutes.

- **7** _____ the rice for 5 minutes.

- **8** _____ it with cheese.

文化通

原汁原味的原住民烹調

人類的飲食烹調，從簡單的將食物煮熟，隨著烹調器皿及各方面的發展，烹調的方式愈來愈多元豐富。以中式餐飲而言，就有煎、煮、炒、炸、滷、拌、烤，蒸、燉、煨、燴⋯，不同的烹調方式，表現出食物不一樣的特色。不同地區、民族，往往發展出不一樣的烹調特色。

原住民傳統的烹調方式十分簡單，不外乎是燒烤、燻烤、石煮法、水煮、蒸煮法等，食材、食具多是就地取材。其中阿美族傳統烹調中很具特色的「石煮法」，就是以檳榔葉折成鍋具，將水、野菜、魚蝦放入，灑一點鹽，再將燒成白色滾熱的石頭放入，石頭將水燒滾，熱呼呼的"火鍋"就大功告成。另一道具有特色的食物「希撈」（腌肉），是將肉抹上鹽，加以搓揉，再放入陶罐中，倒一些米酒，封存一個月便可取出食用。

Unit 8

Food

Selcuk Market, Turkey

食物

單字特區

Part I：seafoods & meats　海鮮與肉類

01 cod〔kɑd〕鱈魚

02 oyster〔'ɔɪstɚ〕牡蠣

03 octopus〔'ɑktəpəs〕章魚

04 squid〔skwɪd〕花枝

05 shrimp〔ʃrɪmp〕蝦子

06 lobster〔'labstɚ〕龍蝦

07 crab〔kræb〕螃蟹

08 mussel〔'mʌsl〕
淡菜，貽貝

09 clam〔klæm〕蛤蠣

10 salmon〔'sæmən〕鮭魚

11 tuna〔'tunə〕鮪魚

12 beef〔bif〕
牛肉

13 pork〔pɔrk〕
豬肉

14 lamb〔læm〕
羊肉

15 chicken
〔'tʃɪkən〕雞肉

16 duck〔dʌk〕
鴨肉

17 goose〔gus〕
鵝肉

18 bacon
〔'bekən〕培根

19 ham〔hæm〕
火腿

20 sausage
〔'sɔsɪdʒ〕香腸

Part II：vegetables　蔬菜

21 cabbage〔'kæbɪʤ〕高麗菜

22 Chinese cabbage〔tʃaɪ'niz 'kæbɪʤ〕大白菜

23 onion〔'ʌnɪən〕洋蔥

24 potato〔pə'teto〕馬鈴薯

25 carrot〔'kærət〕紅蘿蔔

26 pumpkin〔'pʌmpkɪn〕南瓜

27 asparagus〔əˈspærəgəs〕蘆筍

28 celery〔ˈsɛlərɪ〕芹菜

29 spinach〔ˈspɪnɪtʃ〕菠菜

30 cucumber〔ˈkjukʌmbɚ〕小黃瓜

31 mushroom〔ˈmʌʃrum〕香菇

32 green pepper〔grin ˈpɛpɚ〕青椒

33 sweet pepper〔swit 'pɛpɚ〕甜椒
34 broccoli〔'brakəlɪ〕青花菜
35 cauliflower〔'kɔlɪ,flauɚ〕花椰菜

36 lettuce〔'lɛtɪs〕萵苣
37 sweet corn〔swit kɔrn〕玉米

38 eggplant〔'ɛg ,plænt〕茄子

39 tomato〔tə'meto〕番茄

40 sweet potato〔swit pə'teto〕地瓜

Part III：fruits & dairy products　水果及乳製品

41 grapes〔greps〕葡萄

42 peach〔pitʃ〕水蜜桃

43 plum〔plʌm〕李子

44 cherry〔'tʃɛrɪ〕櫻桃

45 banana〔bə'nænə〕香蕉

46 guava〔'gwɑvɑ〕芭樂

47 grapefruit〔'grepfrut〕葡萄柚

48 pear〔pɛr〕水梨

49 watermelon〔'watɚˏmɛlən〕西瓜

50 lemon〔'lɛmən〕檸檬

51 kiwifruit〔'kɪwɪfrut〕奇異果

52 apple〔'æpl〕蘋果

53 orange〔'ɔrɪndʒ〕柳橙

54 pineapple〔'paɪnˏæpl〕鳳梨

55 sweet melon〔swit 'mɛlən〕甜瓜

56 papaya〔pə'paɪə〕木瓜

57 avocado〔ævə'kado〕
酪梨

58 mango
〔'mæŋgo〕芒果

59 litchi〔'litʃi〕荔枝

60 strawberry
〔'strɔ,bɛrɪ〕草莓

61 egg〔εg〕蛋

62 cheese〔tʃis〕起士

63 milk〔mɪlk〕牛奶

64 yoghurt〔'jogɚt〕優格

1. milk：牛奶

   （ex）Do you take milk in your tea?

   你茶裡要加牛奶嗎？

2. beef：牛肉

   （ex）My family don't eat beef.

   我家人不吃牛肉。

3. clam：蛤蠣

   （ex）Clam chowder is my favorite soup.

   蛤蠣濃湯是我最喜歡的湯。

4. apple：蘋果

   （ex）Would you like a piece of apple pie as dessert?

   您甜點要不要來塊蘋果派？

5. duck：鴨肉

   （ex）Roast duck with orange sauce is today's chef's recommendation.

   烤鴨蘸橘子醬是今天的主廚推薦。

6. cheese：起士

   （ex）I'd like a cheese sandwich to go.

   我想要一個起士三明治外帶。

7. pumpkin：南瓜

   （ex）Pumpkin pie is a traditional American dish served on Thanksgiving.

   南瓜派是美國傳統的感恩節食物。

8. onion：洋蔥

　（ex）First, chop the onions finely.

　　　首先，將洋蔥切細。

9. salmon：鮭魚

　（ex）Smoked salmon is one common appetizer.

　　　燻鮭魚是常見的開胃菜。

10. ham：火腿

　（ex）The hams were cooked whole.

　　　這些火腿是整條烹製的。

11. shrimp：蝦子

　（ex）Grilled shrimp is one of our customers' favorites.

　　　烤蝦是我們店裡客人最愛點的菜色之一。

12. potato：馬鈴薯

　（ex）Will you peel the potatoes for me, please?

　　　你幫我削馬鈴薯好不好？

單字考驗區

I. Cross out one word in each group that doesn't belong.

請刪除屬性不同的單字。

1	beef	chicken	pear	duck
2	mango	guava	cherry	milk
3	cheese	banana	cabbage	cucumber
4	mussel	banana	octopus	tuna
5	lamb	litchi	grapes	pineapple
6	lettuce	orange	potato	onion
7	ham	sausage	lemon	bacon
8	oyster	shrimp	octopus	duck

II. Write down the English names for the following items.

請寫出下列食物的英文。

1 _____   5 _____

2 _____   6 _____

3 _____   7 _____

4 _____   8 _____

文化通

食物的禁忌

　　吃什麼、什麼不吃，食物的選擇常常因地區、民族而不同。例如被中國人視為珍品的燕窩，中國少數地區吃猴腦，對歐美人而言是不可思議。歐洲北部日耳曼民族不吃章魚與烏賊，甚至視章魚為「惡魔之魚」；對環地中海地區的居民，章魚和烏賊卻是美食，日本人也特別喜歡章魚，日本料理「章魚醋」、「章魚燒」十分受到歡迎。中國內陸農民吃蠶蛹和蟋蟀，越南、寮國與泰國一帶山地民族吃螞蟻、蝴蝶與蟬，這些在其它民族眼裡都是「怪異食物」。越南東南亞一帶的鴨仔蛋，將孵化即將破殼的蛋放入蒸籠中蒸熟，對其它地區的人而言是既殘忍又噁心；在東南亞人眼中，日本人將生雞蛋澆在米飯上攪拌食用才噁心。法國料理中聞名的食材蝸牛與青蛙，對一些地區的人而言是敬而遠之。

　　在這些不同的飲食習慣中甚至發展出一些飲食禁忌，最眾所周知的是穆斯林不吃豬肉，印度教不吃牛肉，猶太教不吃無鱗魚。伊斯蘭教的《可蘭經》明文規定，豬是不潔、骯髒的，禁止食用。印度教視牛（瘤牛Zebu）為聖牛，印度教三大主神之一濕婆神

（Shiva）的座騎為公牛南迪（Nandi），母牛是克利修那神（Krishna）的侍者，印度教不僅不能食用牛，還將牛視為上賓。猶太教《舊約聖經・利未記》有詳細的飲食規則，對肉類分可食用與不可食用，其中魚類規定要有鰭與鱗片才可入口。

　　各地的飲食習慣與禁忌，千奇百怪，豐富多元。其實，飲食的「正常」與「奇怪」沒有標準與高低，面對這些不同的習慣與文化，尊重是最好的態度。麥當勞進入印度，也入境隨俗，改變食材，推出「羊肉堡」，大受歡迎。

（參考資料：M. Harris著，葉舒憲、戶曉輝譯，2004，食物與文化之謎，書林）

Unit 9

Herbs and Spices

Misir Carsisi（Market）, Istanbul, Turkey

香料

單字特區

01 cinnamon
〔'sɪnəmən〕
肉桂

02 cumin
〔'kʌmɪn〕
小茴香

03 nutmeg
〔'nʌtmɛg〕
肉豆蔻

04 dill
〔dɪl〕
蒔蘿

05 saffron
〔'sæfrən〕
番紅花

06 clove
〔klov〕
丁香

07 rosemary
〔'ros,mɛrɪ〕
迷迭香

08 thyme
〔taɪm〕
百里香

09 curry
〔'kɝɪ〕
咖哩

10 bay
〔be〕
月桂

11 vanilla
〔və'nɪlə〕
香草

12 basil
〔'bæzɪl〕
羅勒、九層塔

13 parsley
〔'parslɪ〕
巴西利

14 mint leaf
〔mɪnt lif〕
薄荷葉

15 lemon grass
〔'lɛmən græs〕
檸檬草、香茅

16 coriander
〔,korɪ'ændɚ〕芫荽
17 spring onion
〔sprɪŋ 'ʌnɪən〕蔥
18 garlic〔'garlɪk〕大蒜

19 chili〔'tʃɪlɪ〕辣椒
20 leek〔lik〕蒜苗
21 ginger〔'dʒɪndʒə〕薑

單字加料區

1. spring onion：蔥

 （ex）Trim off both ends of the spring onion.
    把蔥的頭尾兩端切掉。

2. garlic：大蒜

 （ex）Crush the garlic and then grind it.
    先將大蒜壓扁再磨碎。

3. parsley：巴西利

 （ex）Chop the parsley finely.
    將巴西利切碎。

4. lemon grass：香茅

 （ex）Put the lemon grass into the alcohol.
    將香茅放進酒精中。

5. basil：羅勒

 （ex）We need 2 1/2 teaspoons of basil leaves.
    我們需要2又1/2小匙的羅勒葉。

6. cinnamon：肉桂

（ex）I prefer cappuccino with some cinnamon on it.

我喜歡加上肉桂的卡布奇諾。

7. bay：月桂

（ex）Put in the bay leaves and cook for 2 hours.

放進月桂葉煮2個小時。

8. vanilla：香草

（ex）Vanilla ice cream is very popular.

香草冰淇淋非常受歡迎。

9. ginger：生薑

（ex）A teaspoon of ground ginger will increase the flavor of this dish.

一茶匙的薑粉可以增加這道菜的風味。

10. leek：蒜苗

（ex）Leek goes well with sausage.

蒜苗很配香腸。

單字考驗區

Name the items in the pictures. 請寫出下列物品的英文。

Organic
Vanilla

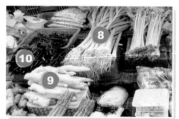

1 _____ **6** _____

2 _____ **7** _____

3 _____ **8** _____

4 _____ **9** _____

5 _____ **10** _____

「魔法之藥」──香料的故事

　　有些民族傳說認為，香料是天神開會決定如何創造天地時，不小心把芝麻放進喝過的葡萄酒杯，結果芝麻變成了香料。

　　今天，香料在西方飲食中扮演重要的角色，而在十世紀前，歐洲除了地中海沿岸，居民不但無砂糖可用，連檸檬也沒有，為了保存食物，大部分歐洲人都吃鹽漬或燻製肉類。來自東方的香料在中世紀後傳入歐洲，香料不但可防腐，而且還可讓食物的味道完全改變，簡直如魔法般神奇，歐洲人於是便稱呼來自遙遠東方的香料為「魔法之藥」，當時香料的價格甚至比金銀還貴。由於遠從印度與印尼運送而來的香料，經由西亞走陸路進入歐洲，貿易權被穆斯林與威尼斯商人壟斷，刻意哄抬價格，歐洲人只好想辦法尋找新的貿易路線。就這樣，十六、七世紀的西方大航海時代，在追求香料的刺激下，打開序幕，為了尋找香料而發現新航路，為了爭奪香料及其他寶物的控制權，引發了香料戰爭，漸漸發展成為殖民地爭奪戰。

（資料來源：原康夫著，蕭志強譯，2003，閱讀世界美食史趣談，世潮）

Seasonings

Sant Josep Market, Barcelona, Spain

佐料

單字特區

01 soy bean oil
〔ˋsɔɪ bin ɔɪl〕
沙拉油

02 olive oil
〔ˋalɪv ɔɪl〕
橄欖油

03 sesame oil
〔ˋsɛsəmɪ ɔɪl〕
麻油

04 oyster oil
〔ˋɔɪstɚ ɔɪl〕
蠔油

05 soy sauce
〔ˋsɔɪ sɔs〕
醬油

06 vinegar
〔ˋvɪnɪgɚ〕
醋

07 cooking wine
〔ˋkʊkɪŋ waɪn〕
料理酒

08 salt
〔sɔlt〕
鹽

09 sugar
〔ˋʃʊgɚ〕
糖

10 starch
〔startʃ〕
太白粉

11 fagara
〔'fægəra〕
花椒

12 pepper
〔'pɛpɚ〕
胡椒

13 soy bean sauce
〔sɔɪ bin sɔs〕
豆瓣醬

14 chili sauce
〔'tʃɪlɪ sɔs〕
辣椒醬

15 mustard
〔'mʌstɚd〕
芥末醬

16 miso sauce
〔'mɪso sɔs〕
味噌

17 ketchup
〔'kɛtʃəp〕
番茄醬

18 barbecue sauce
〔'barbɪkju sɔs〕
烤肉醬

⑲ salad dressing
〔'sæləd 'drɛsɪŋ〕
沙拉醬

⑳ butter
〔'bʌtɚ〕
奶油

㉑ margarine
〔'mardʒə,rin〕
乳瑪琳

㉒ mayonnaise
〔,meə'nez〕
美乃滋

單字加料區

1. seasoning：佐料
   （ex）The three main seasonings of "three-cup chicken" are sesame oil, soy sauce and cooking wine.
   三杯雞的主要佐料是麻油、醬油跟料理酒。

2. olive oil：橄欖油
   （ex）Pour into 3 tablespoons of olive oil and toss.
   倒進3大匙的橄欖油，然後拌均勻。

3. vinegar：醋
   （ex）It tastes much better with vinegar.
   加了醋，味道會更好。

4. starch：太白粉
   （ex）Make some starch water.
   勾芡。

5. mustard：芥末醬
   （ex）I'd like my steak medium-well and served with mustard.
   我的牛排要七分熟，並搭配芥末醬。

6. ketchup：番茄醬
   （ex）Ketchup goes well with French fries.
   薯條跟番茄醬很搭。

7. salad dressing：沙拉醬
   （ex）What kind of salad dressings would you like?
   您要搭配什麼沙拉醬？

圖解餐飲英文字彙

單字考驗區

I. Complete the following puzzle. 填字

Across

1. _____ It's a sauce for Japanese soup. (4, 5)

7. _____ It's a sauce for barbecue. (8, 5)

8. _____ It tastes sour. (7)

Down

2. _____ It's one seasoning of three-cup chicken. (7, 4)

3. _____ It's to go with salad. (5, 8)

4. _____ It's spicy and goes well with steak. (6)

5. _____ It's to make food sticky. (6)

6. _____ It's another seasoning of three-cup chicken. (6, 3)

7. _____ It's yellow and for toast. (6)

文化通

漂洋過海的調味料──醬油

　　醬油的英文稱為「soy sauce」原來是有一段典故。十七世紀，醬油透過日荷貿易風行歐洲，據說，十七世紀末，醬油是法國宮廷料理的重要食材。因為是荷蘭引進，所以歐洲地區醬油的發音都接近荷蘭語「索也」或「卓也」（soya）。最初英國人接觸醬油時，還沒看過黃豆，直接稱醬油「soy」，後來黃豆出現，就在「soy」後面加上「bean」，成為「soy bean」（黃豆）。又為了清楚區別代表醬油的「soy」，於是後面加上「sauce」，成為現在大家所熟知的「soy sauce」。

　　今天西洋料理成為全球餐飲主流，事實上許多調味料與香料是來自亞洲，相對於多采多姿的亞洲調味料，歐洲的調味料發展遲自十八世紀才展開。除了醬油，亞洲人製造的味噌、豆瓣醬等調味料，也逐漸成為世界重要的調味料。

（資料來源：原康夫著，蕭志強譯，2003，閱讀世界美食史趣談，世潮）

Answer Key

Unit 1 Restaurant

I
1. apprentice
2. executive chef
3. host
4. head waiter
5. sommelier
6. receptionist

II
1. cashier
2. dining room
3. kitchen
4. bar counter

Unit 2 Table Setting

I
1. butter knife
2. dinner fork
3. napkin
4. dinner plate
5. dessert fork
6. dinner knife
7. soup spoon
8. white wine glass
9. red wine glass
10. pepper shaker

II
1. chopsticks
2. tea cup
3. condiment dish
4. soup spoon
5. napkin
6. dessert spoon

Unit 3 Kitchenware

I
1. blender
2. skimmer
3. ladle
4. slicer

II
1. frying basket
2. paring knife
3. stew pan
4. microwave oven
5. sauce pan
6. frying pan

Unit 4 Beverages

I

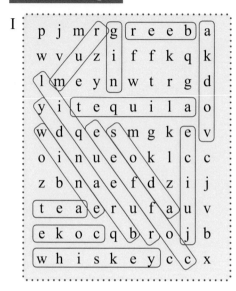

II 1. vodka
2. brandy
3. tequila
4. gin
5. rum
6. whiskey

Unit 5 Cocktails

I 1. decanter
2. shaker
3. stirrer
4. jigger
5. ice tongs
6. carafe
7. wine cork
8. bar spoon
9. beer mug
10. corkscrew

II 1. ice bucket
2. champagne glass
3. bottle opener
4. cocktail strainer
5. highball glass
6. water goblet

Unit 6 Menus

1. Appetizers
2. Salads
3. Soups
4. Clam Chowder
5. Entrées

6. New York Steak
7. Side Dishes
8. Desserts
9. Ice Cream
10. Drinks

Unit 7 Cooking Methods

1. Slice
2. Peel
3. Chop
4. boil

5. Stir
6. simmer
7. Steam
8. Sprinkle

Unit 8 Food

I 1. pear
2. milk
3. cheese
4. banana
5. lamb
6. orange
7. lemon
8. duck

II 1. mango
2. ham
3. strawberry
4. sweet potato
5. mussel
6. egg
7. litchi
8. clam

Unit 9 Herbs & Spices

1. mint leaf
2. garlic
3. spring onion
4. coriander
5. basil

6. vanilla
7. lemon grass
8. leek
9. ginger
10. chili

Unit 10 Seasonings

Across
1. miso sauce
7. barbecue sauce
8. vinegar

Down
2. cooking wine
3. salad dressing
4. pepper
5. starch
6. sesame oil
7. butter

Index

單字	頁碼
cashier	008, 009
cauliflower	073
celery	072
champagne glass	041
cheese	049, 051, 056, 065, 078, 079, 081
chef's knife	022
chef's recommendation	049, 079
cherry	075, 081
chicken	048, 050, 051, 054, 056, 065, 070, 081, 097, 099
chili	088, 095
chili sauce	095
Chinese cabbage	071
chop	049, 050, 062, 065, 080, 088
chopping board	023, 026
chopstick rest	016, 017
chopsticks	016, 017
cinnamon	086, 089
clam	048, 056, 069, 079
clove	086
cocktail glass	040, 042
cocktail strainer	038
cod	068
coffee	030, 033, 034, 035, 047, 049, 056
coke	032, 034, 035, 052
Collins glass	040
condiment dish	016
continental breakfast	047
cooking wine	094, 097
coriander	087
corkscrew	039
crab	069
cucumber	072, 081
cumin	086

單字	頁碼
goose	070
grapefruit	047, 076
grapes	075, 081
green pepper	073
grill	049, 061, 063
guava	047, 076, 081
ham	047, 048, 070, 080, 081
head waiter	006, 009, 010
highball glass	040
host	007, 010
ice bucket	039
ice tongs	038
jigger	038
juice	033, 034, 035, 042, 047, 049, 052, 056
kaoliang	032
ketchup	095, 097
kitchen	008, 026
kiwifruit	076
ladle	023
lamb	049, 070, 081
lasagna	051
leek	088, 089
lemon	076, 081
lemon grass	087, 088
lettuce	073, 081
liqueur	031, 035, 036
liquors	052
litchi	077, 081
lobster	069
main entrance	007
mango	077, 081
margarine	096
marinate	061, 064

單字	頁碼
mash	049, 056, 061, 064
mayonnaise	096
measuring cup	024, 026
microwave oven	025, 026, 027
milk	026, 047, 078, 079, 081
mineral water	032
mint leaf	087
miso sauce	095
mixed drinks	052
mixing bowl	024
mushroom	049, 050, 065, 072
mussel	069, 081
mustard	095, 097
napkin	014
noodles	050
nutmeg	086
octopus	068, 081
old-fashioned glass	040
olive oil	094, 097
onion	048, 049, 055, 056, 065, 071, 080
orange	042, 047, 049, 076, 079, 081
oyster	068, 081, 094
oyster oil	094
pan-fry	060
papaya	077
paring knife	023, 027
parsley	065, 087, 088
pasta	051
peach	075
pear	076, 081
peel	016, 065, 080
pepper	015, 072, 073, 095
pepper shaker	015

單字	頁碼
pineapple	076, 081
pizza	051
plate	014, 015, 016
plum	075
pork	050, 070
potato	049, 056, 063, 064, 071, 074, 080, 081
pour	010, 041, 062, 097
pumpkin	048, 056, 071, 079
receptionist	007, 010
red wine	015, 031, 034
red wine glass	015
restroom	008, 009
rice	047, 050, 065
roasting tray (baking tray)	024
rolling pin	024
rosé	031, 053
rosemary	086
rum	030, 034, 035, 044
saffron	086
sake	032
salad	014, 048, 054, 056, 099
salad dressing	096, 097
salad fork	014, 015
salmon	064, 069, 080
salt	015, 065, 094
salt shaker	015
sandwich	051, 079
sauce pan	022, 027
sausage	070, 081, 089
scissors	023, 026
sesame oil	094, 097
set menu	046
shaker	015, 039, 041

單字	頁碼
strain	042, 061
strawberry	049, 077
sugar	034, 094
sweet corn	073
sweet melon	077
sweet pepper	073
sweet potato	074
tea	016, 017, 033, 034, 035, 047, 049, 051, 079
tea cup	016, 017
tequila	030, 035, 044, 052
thyme	086
tomato	047, 074
tuna	069, 081
vanilla	049, 087, 089
vegetarian dish	050
vinegar	094, 097
vodka	030, 035, 044
waffle	051
waiter	006, 007, 009, 010
water glass	014, 015
water goblet	040, 042
water tumbler	041
watermelon	076
whiskey	030, 035, 044
white wine	015, 031, 034
white wine glass	015
wine cork	039, 042
wine list	053, 055
wok	022, 026
yoghurt	078

學習新知類　AD0012

圖解餐飲英文字彙

作　　　者／張雅端、張素鑾、吳玉珍、柳瑜佳
責任編輯／黃姣潔
圖文排版／賴英珍
封面設計／蕭玉蘋

發 行 人／宋政坤
法律顧問／毛國樑　律師
出版發行／秀威資訊科技股份有限公司
　　　　　114台北市內湖區瑞光路76巷65號1樓
　　　　　電話：+886-2-2796-3638　傳真：+886-2-2796-1377
　　　　　http://www.showwe.com.tw
劃撥帳號／19563868　戶名：秀威資訊科技股份有限公司
　　　　　讀者服務信箱：service@showwe.com.tw
展售門市／國家書店（松江門市）
　　　　　104台北市中山區松江路209號1樓
　　　　　電話：+886-2-2518-0207　傳真：+886-2-2518-0778
網路訂購／秀威網路書店：http://www.bodbooks.tw
　　　　　國家網路書店：http://www.govbooks.com.tw

2010年9月BOD一版
定價：330元
版權所有　翻印必究
本書如有缺頁、破損或裝訂錯誤，請寄回更換

Copyright©2010 by Showwe Information Co., Ltd.
Printed in Taiwan
All Rights Reserved

國家圖書館出版品預行編目

圖解餐飲英文字彙 / 張雅端等合著. -- 一版. --
臺北市 : 秀威資訊科技, 2010.09
　　　面；　公分. -- （學習新知 ; AD0012）
　BOD版
　含索引
　ISBN 978-986-221-592-0（平裝）

　1. 英語　2. 餐旅業　3. 詞彙

805.12　　　　　　　　　　　　　99016525

讀者回函卡

感謝您購買本書，為提升服務品質，請填妥以下資料，將讀者回函卡直接寄回或傳真本公司，收到您的寶貴意見後，我們會收藏記錄及檢討，謝謝！如您需要了解本公司最新出版書目、購書優惠或企劃活動，歡迎您上網查詢或下載相關資料：http:// www.showwe.com.tw

您購買的書名：_____

出生日期：_____年_____月_____日

學歷：□高中 (含) 以下　　□大專　　□研究所 (含) 以上

職業：□製造業　□金融業　□資訊業　□軍警　□傳播業　□自由業
　　　□服務業　□公務員　□教職　　□學生　□家管　　□其它____

購書地點：□網路書店　□實體書店　□書展　□郵購　□贈閱　□其他

您從何得知本書的消息？

　　□網路書店　□實體書店　□網路搜尋　□電子報　□書訊　□雜誌

　　□傳播媒體　□親友推薦　□網站推薦　□部落格　□其他_____

您對本書的評價：(請填代號　1.非常滿意　2.滿意　3.尚可　4.再改進)

　　封面設計____　版面編排____　內容____　文／譯筆____　價格____

讀完書後您覺得：

　　□很有收穫　□有收穫　□收穫不多　□沒收穫

對我們的建議：_____

_____

_____

_____

請貼
郵票

11466
台北市內湖區瑞光路 76 巷 65 號 1 樓
秀威資訊科技股份有限公司　　　收
BOD 數位出版事業部

....

（請沿線對折寄回，謝謝！）

姓　　名：＿＿＿＿＿＿＿＿＿＿　年齡：＿＿＿＿　性別：□女　□男

郵遞區號：□□□□□

地　　址：＿＿＿＿＿＿＿＿＿＿＿＿＿＿＿＿＿＿＿＿＿

聯絡電話：(日)＿＿＿＿＿＿＿＿＿　(夜)＿＿＿＿＿＿＿＿＿

E-mail：＿＿＿＿＿＿＿＿＿＿＿＿＿＿＿＿＿＿＿＿＿